FAZENDO ANA PAZ

LYGIA BOJUNGA

FAZENDO ANA PAZ

7ª Edição

Rio de Janeiro

2018

COPYRIGHT 1991 © Lygia Bojunga

Todos os direitos reservados à
Editora CASA LYGIA BOJUNGA LTDA.
Rua Eliseu Visconti, 425 - Santa Teresa
20251-250 - Rio de Janeiro - RJ
Tel.: (21) 2222-0266
e-mail: lbojunga@ig.com.br
www.casalygiabojunga.com.br

Printed in Brazil/Impresso no Brasil

Nenhuma parte desta obra pode ser apropriada e estocada em sistema de banco de dados ou processo similar, em qualquer forma ou meio, sem a permissão da detentora do *copyright*.

Projeto gráfico: Lygia Bojunga
Assistente editorial: Paulo Cesar Cabral
Foto da capa: Léa Bojunga Mattos
Foto da família: Desconhecido
Revisão: José Tedin

CIP - Brasil. Catalogação-na-fonte
Sindicato Nacional dos Editores de Livros, RJ.

	Bojunga, Lygia,	
B67f	Fazendo Ana Paz / Lygia Bojunga ; – 7. ed. – Rio de	
7.ed.	Janeiro : Casa Lygia Bojunga , 2018	
	116 p. : il. : 19 cm	
	ISBN 85-89020-12-6	
	1. Literatura brasileira. II. Título.	
04-1783.		CDD – 028.5
		CDU – 087.5

Para Alvaro Nunes, in memoriam

Caminhos

Quando eu escrevi e interpretei o monólogo LIVRO, falando da minha vida de leitora e contando os seis *"casos de amor"* que eu tive com obras literárias, eu estava longe de imaginar que comprido que ia ser o caminho que eu ia andar.

Depois das primeiras apresentações de LIVRO pelo Brasil, eu comecei a achar que, fazendo a outra metade da laranja, isto é, me posicionando também como escritora, a representação do meu envolvimento com livros ia ficar mais **redonda**, e com isso eu quero dizer mais **integrada**.

Escrevi então o que chamei de "encontros com a escrita", contando alguns episódios ligados à minha inclinação para escrever. Não levei essas narrativas pro palco: achei que elas tinham saído com cara de só gostar de morar em livro. Foram publicadas junto com o monólogo-da-leitora num volume chamado *LIVRO - um encontro*.

A necessidade de falar mais **dramaticamente** do ato de escrever me fez continuar nesse caminho e levantar uma personagem chamada Ana Paz. O percurso que eu fiz com a Ana Paz foi difícil, eu não enxergava bem o caminho, tropecei e parei muitas vezes, mas ele me levou a um livro que eu chamei *Fazendo Ana Paz*. E me levou também a querer continuar **ainda** na mesma estrada.

Sou de opinião que, quando um leitor mergulha no livro que um escritor escreveu, ele está enveredando por um território sem fronteiras; nunca sabe direito até onde está indo atrás da própria imaginação, ou em que ponto começou a seguir a imaginação do escritor. Foi pensando nisso que — numa das paradas que eu dei no meu percurso com a Ana Paz — eu comecei a trabalhar um personagem chamado Lourenço.

Assim que me envolvi com o Lourenço, eu me dei conta de que o símbolo das duas metades da laranja não era o que eu estava buscando; o que eu queria pra fazer a minha fala de livro ficar mais redonda era **três** pedaços da laranja; se no primeiro eu tinha falado da leitura e no segundo da escrita, agora eu queria, nessa terceira parte, misturar uma com a outra. Foi dessa mistura que saiu *Paisagem*, e o caminho tão comprido que eu acabei andando resultou numa pequena trilogia.

Fazendo Ana Paz

Eu sempre gostei de ler livros de viagens; um dia me deu vontade de escrever um. Fiquei lembrando dos caminhos que eu tinha andado por este mundo afora; acabei escolhendo dois ou três pra fazer o meu livro. Comecei então a pensar no jeito que eu ia usar pra viajar no papel. Quando no fim eu me sentei pra escrever o livro, saiu um bilhete assim:

> *"Prezado André*
> *Ando querendo bater papo. Mas ninguém tá a fim. Eles dizem que não têm tempo. Mas ficam vendo televisão. Queria te contar a minha vida. Dá pé? Um abraço da Raquel."*

Larguei o lápis, li e reli o bilhete, que que é isso?! que Raquel é essa que se intromete assim, de cara, na viagem que eu vou contar?

Não deu nem pra me espantar direito: a tal Raquel me pegou e não me largou mais; me disse que precisava encontrar um lugar pra esconder três vontades que ela tinha; e não fez mistério nenhum das vontades, me contou cada uma tintim por tintim.

Eu nunca tinha vivido a experiência de uma personagem me pegar tão desprevenida; eu não tinha nem pensado que a gente podia parir personagem assim. A Raquel entrou no meu estúdio feito um furacão, explodiu no caderno onde eu ia escrever o meu livro de viagens, dizendo que tinha dez anos, que tinha uma família assim e assado, que tinha um amigo inventado chamado André e ela se correspondia com ele, e que tinha essas tais vontades fortíssimas que ela precisava esconder depressa, depressa, DEPRESSA!

A urgência da Raquel me arrastou. Comecei a procurar depressa um lugar pra ela esconder as tais vontades. Acabei encontrando uma bolsa amarela que me deu a maior mão de obra pra fazer: a Raquel queria uma bolsa cheia de bolsos dentro, pra ir botando nos bolsos tudo que ela ia inventando, e a bolsa então foi crescendo, e a história se complicando, e eu já não fazia mais nada a não ser me ocupar da bolsa, me esqueci que ia escrever um livro de viagens, deixei pra lá um monte de coisas que eu ia fazer, e até o último parágrafo do livro (que ficou se chamando *A Bolsa Amarela*) a Raquel não saiu de perto de mim: exigente, obstinada, centralizadora.

Antes da Raquel, qualquer personagem que eu fazia sempre me dava uma folga: férias, fim de semana, feriadão. E era bom a gente se separar um pouco. Quer dizer, era bom se, quando a folga acabava, eu entrava no meu estúdio e dava de cara com ele outra vez. Só que, às vezes, a gente se despedia num fim de semana e quando na segunda-feira eu abria o caderno pra me encontrar de novo com ele: *cadê?!* Tinha me escapado. E eu ficava

esperando ele voltar. E nada. E todo dia eu
olhando pra página branca, esperando ele sair
dela. E nada: Sua Excelência sumida. Que
terror! Às vezes esse sumiço durava um
tempão. Outras vezes o personagem nem
voltava mais. E tinha vezes que ele voltava tão
diferente, que eu custava pra me acostumar de
novo com ele.

Eu estava habituada a ver cada um
dos meus personagens hesitar pra vir à tona:
quase sempre ele era isso, e depois isso, e
depois isso, antes de virar aquilo; passava de
gente pra bicho, de mulher pra homem,
de criança pra velho, até ser o que ele ia ficar; que
devagarinho que ele abria a porta dentro de
mim! Daí o meu susto com a Raquel: ela nem
tocou a campainha: escancarou a porta, se
aboletou no meu caderno, e só foi embora
quando eu botei o ponto final no livro. Depois
dela, tudo que é personagem que eu fiz voltou a
aparecer devagar: abria uma fresta da porta,
dava uma espiada, sumia, voltava, a fresta ia
aumentando... E tinha dias que eu pensava: será

que filho meu mais nenhum vai chegar feito a Raquel chegou?

E aí, um dia, aconteceu de novo: ela chegou e sem a mais leve hesitação foi me dizendo:

"Eu me chamo Ana Paz; eu tenho oito anos; eu acho o meu nome bonito.

Tem gente que, pra andar mais depressa, me chama só de Ana. Mas se tem coisa que eu não gosto é ver meu nome pela metade. E tem gente me chamando de Pazinha. Finjo até que não escuto quando alguém me chama assim. Mas a minha mãe e o meu pai sempre me deram uma força: eu nunca ouvi eles me chamando diferente de Ana Paz.

O meu pai escolheu a Ana, ele gostava demais de Ana, mas a minha mãe achava curto; então ele quis Ana Lúcia, Ana Luísa, Ana Helena, mas na hora que eu nasci a minha mãe escolheu: Paz! E ele topou: Ana Paz.

— Mãe, a que horas que eu nasci?
— Aos 15 minutos do dia 26 de abril.

Isso é outra coisa que eu gosto: todo mundo que eu conheço nasceu já fazendo hora, mas eu nasci quando ainda só tinha minuto no dia que eu nasci.

Só que sempre que eu penso nisso o meu coração sai disparado e a minha mão fica meio suada. É que quando a minha mãe disse a hora que eu nasci o meu pai chegou nervoso dizendo, eu tenho que sumir, eu tenho que sumir! E puxou a minha mãe pro quarto, e bateu a porta com força, e desatou a falar cochichado, e eu fui chegando pra porta, mas não dava pra escutar direito, ouvi Rio Grande do Sul, ouvi militar, ouvi sindicato, e ouvi ele dizendo de novo, eu tenho que sumir, eu tenho que sumir, e a minha mãe abriu a porta, e passou por mim sem me ver, e correu pro telefone, e o meu pai abriu o armário, e pegou uma sacola, e foi jogando lá pra dentro camisa, meia e pijama, e quando eu cheguei perto dele ele me pegou num abraço e disse, Ana Paz me promete uma coisa, que é, pai, que é? promete que tu *nunca* vais te esquecer da Carranca, mas pai, o que que tá acontecendo? Ele me sacudiu e pediu de novo, promete que tu não vais te esquecer da Carranca, Ana Paz! Eu prometi e não deu pra dizer mais nada, a campainha tava tocando, e tinha gente dando soco na porta, e a minha mãe veio dizer apavorada, eles tão aí! eles tão aí! e o meu pai saiu correndo, e a sacola ficou pra lá, e a minha mãe gritou, não sai por aí que eles já cercaram a casa! e tome pancada na porta, e voz de homem gritando, e aí eu comecei a ouvir tiro tiro tiro e a minha mãe gemendo chorado."

Parei. Eu tinha escrito corrido a cena toda. A Ana Paz chegou tão forte que eu senti que ela não ia mais me largar até eu fazer um destino pra ela, até eu escrever uma vida pra ela ir morar.

Fiquei contente: eu ia começar a fazer o que me deixa mais contente de fazer. E fiz mais

espaço na minha mesa, e fiz ponta em tudo que
é lápis. Fiz café pra ir tomando. Fiz tudo isso
só pensando no caminho que a gente ia fazer
junto, eu e a Ana Paz.

Sem ter a mais leve intuição do monte de
pedra que eu ia encontrar no meu caminho
com a Ana Paz.

Assim que eu me debrucei no caderno pra
continuar escrevendo a Ana Paz, o meu lápis foi
esbarrando numa pergunta atrás da outra: que
perigo esse pai representava pra ter sido atacado
desse jeito? que tipo de mulher era a mãe? o que
que uma garotinha de oito anos feito a Ana Paz
ia pensar duma tragédia assim? Uma interrogação
ia puxando outra e, lá pelas tantas, tchaaaaaa: a
Ana Paz se afogou nesse mar de perguntas.

Ana Paz! Ana Paz!

Não adiantou mais chamar. Nem
esperar. Não adiantou nem responder que
homem era o Pai, que mulher era a Mãe, não
adiantou querer saber o que que a Ana Paz ia
fazer depois da tragédia: ela tinha se afogado,
sumido; e a semana acabou, e outra passou, e

não adiantou eu ficar grudada no papel: a Ana
Paz não apareceu mais.

Nossa! Empacar todo escritor empaca.
Mas, assim? tão depressa? mal o livro começa?
Fui ficando meio deprimida. Puxa, mas
também que ingenuidade achar que a Ana Paz
não ia mais me largar, por que que eu tinha
achado? E que falta de maturidade também!
então eu ainda não tinha aprendido que
levantar personagem leva tempo? Por que que
eu ainda não tinha aprendido? É que a Raquel...
Que Raquel nem meia Raquel! ela foi uma
exceção da regra, e daí?

E daí que, depois de mais duas semanas
no branco, eu senti numa terça-feira cedo a
urgência de fazer uma moça. Uma moça de
uns... dezoito anos... por aí. A cara dela era a
mesma de todos os meus personagens: uma
mancha. Mas o cabelo da moça era liso e
castanho e comprido. O jeito dela falar era um
pouquinho arrastado. E foi só o meu lápis bater
no papel, que a moça começou a se revelar pra
mim. Eu tive então a certeza, certeza absoluta,

que fazendo essa moça eu ia desempacar a
Ana Paz. A moça falou:

"Eu aprendi um pouco de francês,
foi por isso que eu entendi que ele tinha falado
coup de foudre, mas eu não sabia direito o
que que isso quer dizer e ele estava olhando
tão dentro do meu olho que eu não tive
coragem de perguntar: *como é?* Mas mal cheguei
em casa fui correndo pro dicionário: RAIO.
Mas raio por que, meu deus? não
pode ser! DESGRAÇA INESPERADA. Será que
ele leu alguma desgraça no meu olho? AMOR
À PRIMEIRA VISTA. Aaaaaaaagora sim! É
isso, é claro que é isso!! Ah, que coisa mais
linda, então foi amor à primeira vista que ele
sentiu por mim?! Igualzinho, igualzinho feito eu
senti por ele! Estava fazendo um sol incrível no
Rio (era janeiro, sabe) e era a primeira vez que
eu ia a Copacabana. Sentei num banco pra ver
o mar e nem lembrei de olhar pro lado pra
ver quem é que tinha sentado no banco também.
Só depois de muito tempo é que eu virei a
cabeça, justo quando ele ia virando também, e

foi só a gente se olhar que o meu olho engatou no dele e não deu mais pra desengatar. E a gente ficou assim só se olhando, e foi só depois dum tempo enorme que ele lembrou duma coisa importante:

— Já pensou se alguém senta aqui entre nós dois?

— Que horror.

A gente chegou mais pra perto um do outro, e depois de muito mais tempo ele falou:

— Que sol, hem?

— Pois é.

— Sabe que ele te faz brilhar todinha?

— É?

— É.

— Ah.

— Chega um pouco mais pra cá.

E eu cheguei.

— Deixa eu sentir a tua pele, a tua mão?

Eu deixei. Ele apertou um pouco a minha mão, e foi aí que ele falou:

— *Coup de foudre* é uma coisa muito misteriosa, não é?

Eu ia perguntar *como é?* mas não tive coragem, e então perguntei:

— Por quê?

— Veja bem, eu estou aqui sentado pensando sabe o quê? calculando como é que vai ser o andar térreo de um prédio que...

— Você, por acaso, é arquiteto?

— Por acaso por quê?

— Porque... arquitetura... faz o meu coração bater forte.

Que graça que ele achou!

— É mesmo?

— É, sim.

— Ele está batendo forte agora? — E o olho dele desceu por mim pra assuntar se o meu coração batia forte ou não. Eu fiz que sim.

— Mesmo ainda sem saber se eu sou arquiteto ou não?

— Ele tá achando que você é, sim.

— Ele errou: eu não sou, não.

— Você é o que, então?

— Um homem que não consegue tirar o olho duma moça que sentou perto dele. Perto, mas não *tão* perto assim...

E sem nem pensar eu cheguei *mais* pra perto, que coisa, hem? que atração.

— Quantos anos você tem?

— Eu tenho dezoito, e você?

— Vinte e nove.

— Hmm!!

— Tá me achando velho?

— Quase.

Saiu sem querer. Ele riu. Eu perguntei pra disfarçar:

— Conta mais de você?

— O que que você quer saber?

— Tudo! o teu nome.

— Antônio.

— Antônio? Antônio. Antônio! Ah, que bonito.

A gente se olhando. O mar batendo na praia.

— Por que que você tava calculando como é que ia ser o térreo... térreo de quê?

— Dum prédio que vai subir ali, olha.

— Em cima da casa?

— Ela vai abaixo.

— Ah, que pena, tão simpática!

— Não adianta: não dá dinheiro. Mas o prédio que vai sair ali... — e ele assobiou tão bem assobiado! — *esse* sim, vai valer a pena. E o andar térreo nem se fala! Eu sou isso.

— Isso o quê?

— Eu planejo o jeito de quem tem dinheiro ganhar mais dinheiro. Quer coisa mais importante? Olha só pr'aquela casa.

Olhei.

— Fecha os olhos.

Fechei.

— Imagina o térreo.

Imaginei o Antônio chegando ainda mais perto de mim, e me abraçando, e me dizendo de novo que eu brilhava todinha, e eu abri o olho e vi ele de perfil olhando pra casa, ah! que perfil. Ah! que Antônio. E quando eu abri o dicionário e vi que era amor à primeira vista que ele tinha sentido por mim, eu ainda fiquei muito mais apaixonada do que eu tinha me apaixonado à primeira vista."

A moça não falou mais nada. E eu fiquei olhando pro meu caderno e pensando, e daí? O que que essa moça tem que ver com a Ana Paz? A cena tinha saído de uma vez só, sem hesitação, sem cerimônia, feito coisa que a moça que se apaixonou pelo tal do Antônio tinha tudo a ver com a Ana Paz. Só que não saiu mais nada, parecia que a personagem tinha me dado um chega-pra-lá.

Achei que no outro dia a moça ia começar a crescer.

Achei mal.

Quem sabe semana que vem?

Nada. Nem a moça desempacava a Ana Paz nem eu desempacava a moça.

E ainda por cima uma outra personagem entrou no meu estúdio: cabelo branco, um mocassim no pé, uma bengala na mão. Mancava um pouco, se movimentava devagar. Mas firme. E o jeito dela falar também: firme, decidido:

"Acordei no meio da noite pensando no que o meu filho me disse: você é uma velha egoísta! Fiquei olhando pra cara dele. Ele meio que riu e disse que tava brincando. Não adiantou: já tinha dito. E o você é uma velha egoísta já tinha me caído mal que só vendo.

Que nem a pizza que eu comi outro dia, nossa! que pizza pra cair mal.

Que massa malfeita.

Que tanto óleo.

Que mistura sem jeito de queijo e de enchova.

Que horror.

A pizza não saía da minha digestão nem da minha cabeça, nunca na vida eu pensei que era possível pensar tanto numa pizza.

Mal eu fico boa da pizza e já me cai esse você é uma velha egoísta que eu não tô conseguindo digerir. Assim fica difícil.

Por que que eu sou uma velha egoísta? Por quê?!

Pra começar, eu não sou velha. Ele pode achar que eu sou porque é meu filho, mas eu não acho.

Já faz tempo que eu resolvi que essa coisa de velhice é pra gente que não tem mais nada que fazer. Mas eu tenho, e muito. Ainda mais agora.

E se ele tava brincando, a cara tinha que ser alegre, tinha que ter riso no olho dele, a voz tinha que ser gostosa. Que nada! Cara fechada; olho duro; voz carrancuda. Você é uma velha egoísta! Nossa.

— Meu amor (o pior é que ele sabe que se eu começo, meu amor pra cá e meu amor pra lá, é porque eu tô perdendo a paciência), meu amor, eu não tô entendendo essa história de festa que você falou...

— Nós organizamos uma festa de aniversário pra comemorar os seus oitenta anos.

— Hmm!...

— Imagine a cara de nós todos...

— Nós todos quem?

— A família inteira, não é, mamãe? Seus filhos, seus netos, seus bisnetos...

— Hmm.

— Pensa só na cara de todo mundo se agora eu chego e digo que você não quer ir à festa.

— Não *quero*, não: não *posso*.

— Ora, mamãe...

— Ora o quê, meu amor? Não posso mesmo. Você não tá acreditando que eu viajo amanhã? olha aqui a passagem.

Ele pegou a passagem. Examinou ela bem. Fechou a cara pra valer.

— O que que você vai fazer lá no Rio Grande do Sul?

— Vou lá.

— Sozinha?

— Com a bengala.

— Você vai sozinha, mamãe?

— Eu não vivo sozinha?

— Uma coisa é viver sozinha num apartamento que tem telefone, que tem porteiro lá embaixo, que tem a gente morando perto. Outra coisa é se mandar por aí afora sozinha numa viagem, que que é isso mamãe!

— Que que é isso o quê, meu amor? Eu não tô doente nem nada.

— Não tá doente?! e o reumatismo?

— Isso não é doença, é o jeito da minha perna viver.

— E a catarata?

— Mas que mania vocês têm de achar que a operação não liquidou a minha catarata! Tô lendo que é uma beleza, olha só o tamanhinho dessa letra: noite passada eu li até tarde. Esse livro é ótimo, você já leu?

— Eu não tenho tempo pra ler, você sabe.

— Ah, é mesmo, que pena.

— Mas por que essa viagem assim de repente? O que que você vai fazer lá no Sul?

— Eu tenho um... compromisso.

— Com quem?

Ih, meu deus, será que agora eu ia ter que explicar tudo? Olhei disfarçado pra ele. Ele não tirava o olho de mim. Mas esse compromisso era uma coisa *tão* minha que eu não tinha vontade de contar pra ninguém. Eu tinha planejado tudo tão direitinho! Já tinha escrito um bilhete pro meu filho (que eu só ia mandar amanhã) avisando que eu ia passar uns dias fora (eu ando pensando tanto nesse compromisso que nem me lembrei do meu aniversário), e agora ele aparecia aqui em casa anunciando festa, bolo, vela, parabéns pra você?! Ai.

— Mamãe, quer parar de mexer nessa bolsa e conversar direito comigo?

— Mas é que eu vou enfiando tanta coisa aqui dentro que depois eu não acho mais nada. Então hoje eu me olhei bem no espelho e disse, de jeito nenhum! a senhora não vai viajar levando a bolsa nessa bagunça. De modo que eu vou botar tudo isto em ordem antes de ir dormir.

— Mamãe...

— Hmm?

— Esse encontro...

— Que encontro?

— Você não acabou de dizer que não vai aparecer na sua festa de aniversário porque tem um compromisso no Rio Grande do Sul?

— Você parece que tá zangado comigo, meu filho. Ou é impressão minha?

— É claro que eu tô zangado!

— Mas por quê?

— Então a gente prepara uma festa...

— Ninguém me disse *uma* palavra dessa tal festa.

— Ia ser surpresa.

— Você sabe que eu sempre tive HORROR de surpresas.

— Mas a festa...

— Se vocês tão querendo tanto uma festa (eu não estou), façam a festa, ué.

— Sem você?! Ora, francamente, mamãe, não é à toa que já dá pra pensar se você tá regulando bem da cabeça.

Não gostei. Eu já tinha notado que às vezes eles me olham feito pensando, será que ela tá boa da cabeça? Mas era a primeira vez que um deles falava nisso. Não gostei mesmo. Fora uma ou outra bobagem que eu esqueço, a minha cabeça tá ótima. Mas achei melhor fingir que não tinha ouvido e despejei no sofá tudo que tinha dentro da bolsa.

— Você tá esquecendo que inverno lá no Sul é inverno mesmo, não é feito o Rio.

— Não esqueci não.

— Deve estar um frio medonho lá embaixo.

— Deve.

— Mas você também não está se incomodando com isso.

— Não.

— E o encontro?

— Que encontro?

— Escuta aqui, mamãe, você disse ou não disse que tinha um encontro muito importante lá no Sul?

— Disse.

— Então?

— O quê?

— Encontro com quem?!

— Com duas amigas.

— Que amigas?

— Um beijo, meu filho, tá na hora do meu banho. É melhor eu arrumar essa bolsa de banho já tomado.

Mas ele foi atrás de mim. Fazendo uma pergunta atrás da outra. Então eu pedi licença e fechei a porta do banheiro. Foi aí que ele gritou que eu era uma velha egoísta. Abri a porta: será que eu tinha ouvido bem?

— Você não tá ligando a mínima de deixar a gente pendurado numa festa de aniversário que não vai ter aniversariante. É isso mesmo! você é uma velha egoísta.

Fiquei olhando pra cara dele. E ele acabou dizendo que tava brincando. Não adiantou: a velha egoísta já tinha me caído mal. Fechei a porta de novo e abri forte o chuveiro. Que barulhão d'água! agora não ia dar pra escutar mais nada.

O meu filho foi embora.

O chuveiro me refrescou.

A bolsa foi arrumada.

Mas continuei sem fazer a digestão da velha egoísta; às vezes era a velha que repetia, outras vezes a egoísta. Direitinho feito a pizza: ora voltava na minha cabeça feito queijo, ora feito enchova.

Egoísta ou não, frio ou não, reumatismo ou pizza, eu viajo amanhã de manhã pra me encontrar com a Ana Paz e com a moça que se apaixonou pelo Antônio."

Eu não escrevi esta cena de uma vez só, que nem eu tinha feito a cena da Ana Paz e da Moça-que-se-apaixonou-pelo-Antônio. A cena da velha foi saindo um pedacinho cada dia (era tão bom todo dia eu abrir o caderno e encontrar essa personagem lá me esperando pra ser feita mais um pouco). Mas mesmo assim, sem me escapar, eu não sabia o que que a velha ia fazer lá no Rio Grande do Sul. Foi só quando o filho começou a botar pressão em cima dela (que viagem é essa, mamãe? O que que você vai fazer lá no Sul, mamãe?) que eu tive que me definir. A velha então respondeu que ia se encontrar com duas amigas.

A minha vontade era fazer a velha responder: eu vou me encontrar com duas personagens que andam desgarradas por aí. Mas o filho não ia entender, ele era o tipo do personagem pão, pão, queijo, queijo. Então eu virei a Ana Paz e a Moça-que-se-apaixonou-
-pelo-Antônio em duas amigas da velha, e pronto! Antes do filho fazer qualquer outra pergunta eu empurrei a velha pro chuveiro, tranquei a porta do banheiro, e só depois de botar a velha no avião e despachar ela pro Rio Grande do Sul é que eu comecei a pensar *mesmo* que encontro era esse que eu tinha amarrado nas três.

Que relação que essa velha tinha com a Ana Paz?

Quem sabe a Moça-que-se-apaixonou-
-pelo-Antônio era só uma lembrança do

passado que a velha ia buscar? Uma amiga do tempo da mocidade?

Daí pra frente eu fui andando cada vez mais devagar na minha história; se numa manhã inteira eu só conseguia escrever um parágrafo, eu já achava bom, de tanto que eu não encontrava o caminho que eu procurava pra ligar essas três personagens. Mas uma coisa era certa: a velha estava indo pra cidade onde ela tinha nascido; ela ia ver de novo a casa onde ela passou a infância.

Então o encontro ia ser na casa.

Resolvi, antes de mais nada, levantar a casa.

Eu fiz ela toda de sobras. Uma sobra da casa do meu avô, outra da casa da minha tia, outra do apartamento da minha professora de inglês, que repartia a nossa hora de aula na metade antes do chá e na metade depois do chá. De cada morada eu tirava um pedaço, pra ir levantando a casa onde as minhas três mulheres iam se encontrar.

Fui gostando tanto de fazer a casa, que, em vez de ir pra mesa escrever, eu ficava me balançando na rede, trazendo pro meu estúdio uma porta da minha vó, um pátio da minha outra vó. Parava de fazer a casa e ia plantar no pátio um pé de jasmim que tinha no jardim da minha prima; botava num quarto da casa o guarda-roupa de espelho na porta que um dia eu encontrei num quarto de hotel; botei até na cozinha uma torneira que sempre pingava lá na casa onde eu me criei.

Deixei pra inventar a festa da cumeeira só no dia que o telhado ficou pronto: botei na minha casa o telhado limoso dum sobrado que eu vi sobrar numa rua do Recife.

Agora, olhando pra trás, eu chego a pensar que eu estava tão devagar na minha história de tanto que eu vinha querendo ficar lá deitada na rede, lembrando tijolo por tijolo a casa onde a velha ia ter nascido.

Aí, um belo dia, o avião chegou no Rio Grande do Sul e a velha desembarcou.

Era lá pelas três da tarde azul.

Tinha um vento que passava e que era frio.

O táxi parou na porta da casa e a velha desceu. O motorista pegou a bolsa de viagem que ela levava.

— Não precisa não, moço, obrigada, eu tô habituada a carregar o que é meu. — E pensou, a viagem deve ter me cansado: sempre que eu me canso eu fico parecendo meio velha e o pessoal acha que tem que me ajudar.

O táxi foi embora e ela ficou parada olhando pra ruazinha vazia. Sentiu o pé gelando. Pegou a bolsa, rodeou a casa e entrou pela porta da cozinha. O sino pendurado na porta bateu. Fora isso, era tudo silêncio.

Ah! a mesa comprida no meio da cozinha. A madeira velha. A mancha escura que o ferro de engomar deixou. A velha ficou olhando pra mesa.

Tinha sol entrando pelo vidro fechado da janela e fazendo desenho de luz no chão. A velha escolheu um pedaço do desenho e botou a bolsa lá dentro.

— Nossa! a viagem me cansou, sim. — Puxou pro sol uma cadeira de braço e de palhinha no assento; se sentou. Sentiu o cochilo chegando, achou tão bom.

— Demorei muito?

O sol tinha ido embora. Agora era uma luz de fim de tarde que entrava pela janela da cozinha e dois, três passos depois já virava sombra. A Moça-que-se-apaixonou-pelo-Antônio tinha acabado de entrar.

— Sabe o que que aconteceu? — ela falou — eu me perdi da Ana Paz. Tá frio aqui dentro, não é? Ah! ainda bem que tem lenha no fogão; deixa eu acender o fogo e ferver uma chaleira d'água pra gente tomar um chimarrão. Tá rindo por quê?

— É que nunca mais na vida eu tomei chimarrão; isso não se usa lá no Rio; acho que eu não quero não.

— De qualquer maneira eu vou acender o fogo, assim a gente aquece a cozinha, fica mais gostoso pra conversar.

A Moça-que-se-apaixonou-pelo-Antônio começou a se ocupar de lenha, graveto e abano. Quando o fogo pegou, ela sentou perto da velha e as duas ficaram olhando pro fogo.

As duas, não: nós três: eu também estava parada na minha mesa, lápis parado, olho perdido no fogão de lenha; e a gente ficou assim um tempão. E aí eu saquei o que que as três personagens tinham a ver uma com a outra. Mais que depressa eu fiz a velha perguntar:

— Quando foi que você se perdeu da Ana Paz?

E a Moça respondeu (direitinho) o que eu tinha acabado de sacar:

— No dia que eu me apaixonei pelo Antônio.

É isso! As três são a mesma! Não foi à toa que, quando eu fiz a moça e a velha, eu não dei nome nem pra uma nem pra outra: lá num fundão escuro da minha cuca eu já devia ter sacado o que eu só agora estou me dando conta. A Ana Paz vai crescer e se apaixonar pelo tal do Antônio. E quando ela chega no inverno da vida ela vai sentir a urgência de voltar pra casa onde ela nasceu, onde ela viu acontecer a tragédia com o pai; ela vai querer juntar os pedaços dela, vai querer se encontrar com a menina e a moça que ela foi. E nesse ajuntamento volta tudo: a ligação fortíssima que ela tinha com o pai; a casa que ela aprendeu a amar; a Carranca! A Carranca que eu tinha começado a desenhar na minha cabeça quando eu fiz a primeira cena da Ana Paz...

A Ana Paz vai entrar na adolescência sempre se lembrando do pai e da Carranca.

Mas a mãe da Ana Paz vai se casar de novo.

A Ana Paz não vai gostar do marido da mãe, não vai querer mais viver com eles, resolve ir pro Rio estudar.

No Rio ela conhece o Antônio, se apaixona por ele, vira mulher.

No Sul, o mundo da criança e da adolescente que ela foi; no Rio, o mundo da mulher que ela começa a ser e que vai absorver ela tanto, que só no inverno da vida é que dói a culpa dela ter se esquecido da Carranca.

E agora as três vão se encontrar e a Ana Paz-menina vai acusar a Ana Paz-moça de ter se esquecido da promessa que ela fez pro Pai ("promete, Ana Paz, promete que tu nunca vais te esquecer da Carranca"), e a Ana Paz-velha vai ouvir as partes... e opinar.

Puxa! até que enfim eu tinha entendido a história que eu queria contar. Fiquei contente: eu tinha certeza que o livro agora ia disparar. Desatei a imaginar uma cena atrás da outra:

O Pai usando a Carranca pra passar pra Ana Paz tudo que é valor que ele achava importante.

A Ana Paz-moça se entregando pro Antônio de corpo e alma, quer dizer, de corpo e valor. Ele fica com o corpo, mas joga os valores pela janela; e ainda de quebra empurra pra ela os valores *dele,* e ensina ela a zelar muito bem por cada um...

A Ana Paz-velha redescobrindo a casa onde nasceu.

Era tanta cena se anunciando, que eu achei que o meu dedo ia pedir um empacamento pelo amor de deus pra se curar do calo que ia criar.

Peguei o lápis; voltei pra Ana Paz-velha. Fiz ela acordando lá na cadeira de palhinha da cozinha. O dia estava nascendo; o fogão agora só tinha cinza, tava frio. Ana Paz ficou escutando. A casa ainda não tinha acordado. Deu vontade de ver a casa assim, tão quieta. Se levantou, atravessou o corredor e abriu a porta que dava pro pátio.

Limo, folha seca e poeira na pedra do chão. Limo, folha seca e poeira no banco de pedra. E no chafariz também, só limo e pó. Ela ficou parada, pensando há quanto tempo não saía água da bica, há quanto tempo ninguém conversava com o pátio. Olhou pro telhado.

— Nossa! que telhado mais lindo, olha só pra essa cor, só mesmo quem já pegou mais de

cem anos de sol e de chuva e de vento e de lua
ganha uma cor assim. Tá faltando uma telha lá.
Outra lá. Tem uma ali quebrada. Lá também
tem mais telha quebrada.

    A hera tinha tapado a parede. Aqui e ali
uma folha pingava orvalho. E um pé de jasmim
muito antigo tinha subido pela casa, ora se
agarrando num chapisco da parede, ora num
pendão de hera, e foi subindo e foi subindo,
e acabou se debruçando lá em cima no braço
da calha.

    De repente o pé de jasmim acordou: foi
abrindo na calma a florzinha branca e perfumada
que ele sabe fazer tão bem. Ana Paz sentiu uma
certeza funda de que já fazia muito tempo a
casa estava esperando por ela. Começou a se
sentir contente. Voltou pra dentro. Sem querer
fez barulho e o corredor acordou: uma tábua
do chão se mexeu estalando; Ana Paz foi indo
pra sala sentindo a tábua se espreguiçando.

    Foi só pisar na sala que um vento forte
passou lá fora e abriu o postigo da janela: a
claridade entrou e pegou a sala pra ela. Ana

Paz foi pra junto da vidraça embaciada, limpou ela um pouco pra ver a rua acordando, mas não viu ninguém passando, nem a cara do sol ela viu. Foi indo devagar pro quarto.

Só tinha sobrado o guarda-roupa da mobília que antes morava no quarto.

Um espelho na porta.

Um gavetão embaixo.

O puxador já era.

O guarda-roupa tinha pegado um jeito meio torto e... acho que é melhor a Ana Paz contar esse pedaço:

"Ah, coitado, perdeu um pé! É por isso que ele tá torto assim. Fui chegando pra perto do espelho. Ele tava cheio de manchas de idade. Dessas que eu tenho aqui na mão. Foi só a minha imagem entrar nele que ele acordou. E a gente se olhou meio espantado, engraçado.

Com essa vista meio ruim que eu tenho agora eu quis ver bem de perto o que que o espelho tava me mostrando.

Nossa! não era nenhuma maravilha.

Mas pareceu que ele não estava se incomodando. Olhei bem. É, ele parecia contente da gente estar ali se encontrando.

E aí ele fez questão de me contar tudo que ele tava achando de mim. Tintim por tintim. Demorou, é claro. Cada mancha, cada sinal, cada ruga, a minha história tá toda na minha cara, e ele quis ir me contando cada capítulo dela, sem pressa nenhuma-nenhuma. Me contou até que eu tinha um fio de cabelo preto, ué! o que que esse fio ainda anda fazendo aqui?

Viva! eu disse.

O espelho gostou.

Bom dia, eu falei também. E ele gostou também; meio que riu. Mas depois a gente ficou sério. E sem abrir a boca, só usando o olho pra falar, eu perguntei pra ele se ele achava que... que eu ainda... ia ter tempo pra...

E sem nem esperar eu acabar de falar, ele me olhou que sim, que sim, que sim.

Fiquei ainda mais contente; fui pro quarto que era o meu.

Foi só entrar que eu senti uma coisa lá
dentro querendo acordar.

Mas o quarto tava vazio, sem coisa
nenhuma dentro.

Só que tinha uma coisa lá dentro querendo
acordar.

Resolvi esperar.

Lá pelas tantas aconteceu: a memória
do quarto acordou, e acordou tão bem disposta
que foi logo querendo me mostrar tudo que
o quarto tinha sido, tinha tido, aqui ele tinha a
cama, aqui era o armário, a penteadeira ali,
a mesa pra estudar bem debaixo da janela, e a
cortina amarela, e mais a colcha de crochê,
e mais o tapete pequeno de cada lado da cama.

Eu fiquei ali parada olhando pra tudo,
vendo tudo que o quarto não tinha mais."

– Pai! Pai!

Era a voz da Ana Paz-criança
chamando. E a Ana Paz-velha ficou olhando
pra ela-mesma-ali-criança chegando.

Que bom que elas tinham afinal se encontrado.

E feito coisa que elas tavam recém se conhecendo, a menina começou a passar informações pra velha:

— O meu pai me ensinou a fazer conta. Ontem a gente contou que faltam quatro meses pra eu fazer oito anos. O meu pai é que corta a minha unha. Do pé e da mão. É ele que me penteia também. Quase sempre no domingo. É quando ele tem mais tempo. Hoje é dia. Paaaai!

A velha se virou querendo ver o Pai chegar. E eu fiquei esperando. Esperando. Esperando esse pai chegar dentro de mim. Só que ele não chegava. Quando eu cansei de esperar, eu fiz a menina continuar informando:

— O meu cabelo é muito fininho. O meu pai diz que é por isso que ele embaraça assim. Mas a minha mãe diz que ele embaraça assim porque eu não passo o pente nele. Mas, se ele embaraça, eu não posso passar pente nenhum: dói!... Só o meu pai é que sabe fazer ele não doer. Paaaaai!

(Outra vez a gente esperando o Pai chegar. E nada.)

— Não dói porque o meu pai vai passando o pente pedacinho por pedacinho até desembaraçar ele todo. Aí, sabe, ele faz uma trança e amarra ela bem pra ver se ela fica a semana toda trançada. Mas ela não fica. Na terça-feira ela já destrançou.

Eu sabia que o encontro da Ana Paz-velha com a Ana Paz-criança tinha que resultar no Pai. Ele foi a figura dominante na infância da Ana Paz. Os dois tinham uma boa liga incrível. Era o Pai que penteava ela; era o Pai que brincava com ela; e foi o Pai que um dia trouxe a Carranca pra casa e usou a Carranca pra fazer a cabeça da Ana Paz. Então, esse Pai tinha que aparecer.

— Pai, vem logo! Na quinta-feira o meu cabelo já tá todo embaraçado de novo. O pente só anda esse pedacinho aqui, olha. Quando o meu pai tá me penteando, ele me conta cada história ótima. Paaaaaaaai!

Lá pelas tantas eu consegui fazer o barulho duma porta se abrindo. Passos no corredor. A voz do Pai anunciando:

— Prontinho, estou aqui. Cadê o pente?

— Que história você vai me contar hoje, hem, pai?

— A história desta casa. Foi o meu pai que construiu ela; mas foi a minha mãe que me ensinou a importância de uma casa na vida de uma cidade. Eu também vou te ensinar, Ana Paz.

A Ana Paz estendeu o pente pro Pai. Mas o Pai largou o pente e saiu correndo pro quarto. Abriu o armário, pegou uma sacola, foi jogando lá pra dentro camisa, meia e pijama. Quando a Ana Paz chegou perto, ele pegou ela num abraço apertado, Ana Paz, me promete uma coisa, que é, pai, que é? me promete que tu nunca vais te esquecer da Carranca, mas pai, o que que tá acontecendo? Ele nem ouviu ela falando, sacudiu ela e pediu, promete, Ana Paz, promete que tu não vais te esquecer da Carranca, ela prometeu e não deu pra dizer mais nada: a campainha tava tocando, e tinha gente dando soco na porta, e a Mãe veio dizer apavorada, eles tão aí! eles tão aí! e o Pai saiu correndo, e a sacola ficou pra lá, e a Mãe gritou, não sai por aí que eles já cercaram a casa! e tome pancada na porta, e voz de homem gritando, e a Ana Paz começou a ouvir tiro tiro tiro e a Mãe gemendo chorado.

Mas, pera aí, eu já fiz essa cena antes, que história é essa?

Acabei achando que eu tinha repetido a cena pra avivar, pra *esquentar* o personagem Pai.

Achei mal: ele esfriou. E esfriou de um jeito que eu passei dias e dias sem conseguir soprar vida pra dentro dele. Lá pelas tantas eu achei que o Pai *só* podia aparecer junto com a Carranca. Então, experimentei fazer os dois chegando juntos.

Voz do Pai: — Ana Paz! olha aqui o presente que eu trouxe.

A Ana Paz-criança sai correndo do quarto que a Ana Paz-velha tá olhando e para de olho arregalado na porta do escritório do Pai:

— Que que é isso?!
— Uma carranca.

— *Carranca?*

O Pai tinha voltado de uma viagem ao Nordeste; na bagagem que ele trazia vinha a carranca de uma embarcação do rio São Francisco. Era uma figura de madeira pintada; era uma figura estranha. Mas muito simpática. Cabelo preto cacheado. Boca bem vermelha, lábio grosso. De trás do ombro saía asa. O peito era grande e cheio de escama. Mas depois do peito a Carranca encolhia: vinha logo a cintura, e só um dedo de saia, e em seguida o joelho, e mais um tiquinho à toa de perna e logo depois vinha o pé que, pra contar a verdade, era mais pata que pé.

A Ana Paz ficou superintrigada com a Carranca. O Pai explicou que os barqueiros gostavam de pregar uma carranca na proa do barco pra ela ir assim na frente, afugentando tudo que é mau espírito que morava no fundo do rio. A Ana Paz fascinou. Desatou a fazer pergunta:

— Que que é mau espírito?
— Por que que ele mora no fundo do rio?

— Por que que ele tem medo da Carranca?

— Por que que a Carranca tem pata e não tem pé?

— Por que que ela tem asa aí atrás?

— Por que que ela parece peixe aqui no peito?

E aí o Pai começou a inventar um monte de histórias pra ir respondendo às perguntas da Ana Paz. Cada história que o Pai inventava era uma história de propósito pra ir passando pra Ana Paz tudo que é valor que ele considerava importante.

O Pai fez da Carranca uma mulher forte, coerente, que sabia lutar pelos direitos dela.

O Pai inventou que a parte peixe que a Carranca tinha era pra, lá pelas tantas, ela poder viver debaixo d'água, lutando contra os maus espíritos.

E o Pai começou a inventar um mau espírito atrás do outro: eles eram os caras que não deixavam o Brasil ser uma terra de fartura pra tudo que é brasileiro. O Pai fez a Carranca se envolver com cada mau espírito de arrepiar.

Só pra Ana Paz ir sacando tudo que é força que puxa o Brasil pra trás.

O Pai contou pra Ana Paz que, de tanto amar a liberdade, uma terça-feira de manhã bem cedinho nasceu um par de asas na Carranca.

E cada história que o Pai contava fazia a Ana Paz gostar mais e mais da Carranca.

O único problema é que, no princípio, a Ana Paz achava a Carranca feia.

— Feia? — e o Pai se escandalizou. — Olha pra esse cabelo que ela tem! Olha pra essa boca, Ana Paz, isso é boca de mulher que sabe amar. — E aproveitou pra contar pra Ana Paz um monte de histórias dos namorados da Carranca (que sempre acabava se apaixonando por namorado que defendia os bichos, a liberdade, as mulheres, a distribuição de terras...)

— Mas, pai, por que que ela tem pé que parece pata?

Às vezes o Pai inventava que, de tanto amar tudo que é bicho, ela tinha ficado meio bicho também. Mas outras vezes ele contava que o artista que tinha feito a Carranca gostava mais de pata que de pé.

— Mas, pai, por que que ela vai diminuindo assim pro fim dela, olha só que pouquinho de perna que ela tem.

— Ah, minha filha, isso é porque o artista que fez ela quis fazer um mulheraço, mas o pedaço de madeira que ele tinha era pequeno.

— Mas ele não viu que era pequeno?

— Artista só vê o que ele quer fazer, Ana Paz.

— Mas por que que ele não pegou outro pedaço de madeira?

— Ele ficou com medo de não saber fazer de novo esse cacheado tão bonito no cabelo dela. — (Mas outras vezes o Pai contava que artista vive num sufoco medonho, e que o artista que fez a Carranca não arrumou grana pra comprar mais madeira...) E aí o Pai aproveitava pra ir contando pra Ana Paz tudo de muito importante que era a arte popular. Mas sempre usando a Carranca. A Carranca foi o jeito que o Pai achou pra todo dia passar um outro valor pra Ana Paz.

Nessa época o Pai estava organizando o primeiro sindicato de trabalhadores rurais do Rio Grande do Sul. Trabalhava feito louco. Viajava pelo interior todo; redigia manifestos; era um entra e sai de gente na casa, muita discussão no escritório, a Ana Paz ficava deitada no chão, ora desenhando, ora prestando atenção na discussão. Do lado dela, a Carranca. Quando tudo acalmava, quando o Pai pegava o pente pra ir desembaraçando o cabelo da Ana Paz, era quase sempre da Carranca que os dois falavam, tamanha a intimidade que se estabeleceu entre os três.

— Sabe, pai, a Carranca hoje tá com uma cara meio emburrada. Por que será que ela tá assim, hem?

— Na certa ela não gostou do tipo que apareceu hoje aqui na reunião. Não gostou da cara dele nem do jeito que ele olhou pra mim.

— Que tipo?

— Ele estava de bombacha e lenço azul no pescoço.

— Um homem que ficou o tempo todo ali naquele canto?

— É. Ninguém convidou ele pra vir à reunião.

— Então por que que ele veio?

— Eu tenho que sumir! Eu tenho que sumir! Promete, Ana Paz, promete que tu nunca vais te esquecer da Carranca!

— Mas, pai, o que que tá acontecendo?

— Não sai por aí que eles já cercaram a casa!

Tinha acontecido outra vez. A cena que eu estava fazendo se partia, o Pai me escapava, voltava pra morte dele; e não adiantava eu querer trazer ele pra página em branco: cada vez que eu começava a escrever o Pai, ele voltava pra primeira cena do livro.

Empaquei.

Sentava de manhã pra escrever. Começava a brigar com as palavras.

Dei pra ficar pensando que bom que ia ser fazer um pai de barro, moldar ele no gesso, enfiar a mão na massa, fazer personagens de barro, de pedra, esculpir a madeira, fazer uma carranca, sentir na palma da minha mão o cabelo feito, poder retocar uma boca, um nariz, ah! ser uma escultora.

A manhã se acabava e eu ali imaginando que coisa incrível devia ser a gente poder pegar no que faz.

Um belo dia eu tive um estalo: esse pai é didático! É só ele aparecer no caderno que ele começa logo a querer fazer a cabeça da Ana Paz. Não foi à toa que eu empaquei nele. Desse jeito ele arrisca de virar um chato de galochas.

Fiquei horrorizada de pensar um pai chato.

Resolvi então fazer um outro pai. Ele tinha as mesmas ideias do primeiro pai. Só que ele não passava elas pra Ana Paz. Nem pra ninguém. Guardava tudo dentro dele. Era um pai superfechado. Tão fechado que eu não saquei nada dele.

Fiz outro pai. Dessa vez suave, boa praça, gostando de contar piada. *Este*, sim: saiu um chato de galochas.

Resolvi experimentar um pai sonhador, romântico: em vez de *fazer*, ele sonhava com tudo que ele ia fazer; em vez de sair lutando pelo que ele achava bom pro Brasil, ele contava pra Ana Paz que bom que ia ser um Brasil assim e assado, nossa! no primeiro encontro eu já comecei a achar esse pai um saco.

Fui ficando um pouco desesperada.

Mas acabei achando que eu tinha achado o pai que o Pai ia ser. Ele ia ser um pai de todo dia, um pai incoerente; ia ser um defensor do feminismo, mas ia criar o maior caso se chegava em casa e o mulherio não tinha posto o almoço na mesa; ia ser um defensor exaltado da reforma agrária, mas tinha uma bruta fazenda, que entrava pela Argentina adentro, com terra descansando e se valorizando, e ele só aparecia por lá uma vez na vida e outra na morte pra fazer um churrasco.

Comecei logo a fazer a cena do churrasco, eu estava animada com esse novo pai; eu ia fazer ele passar pra Carranca tudo que ele achava que a gente devia fazer e ele não fazia, agora sim! ia sair um paizão.

Não saiu: no meio do churrasco eu me dei conta que o pai *tinha* que ser um forte, um democrata convicto, um homem de ação e imaginação, uma figura carismática, capaz de imprimir uma marca muito forte na menina Ana Paz. Essa marca só vai começar a se apagar no dia que a Ana Paz se apaixona por um homem bem azeitado (e ajeitado) no sistema. Mas marca tão forte assim um dia tem que aparecer de novo. E aparece. Só que tarde. Mas não tarde demais; a Ana Paz-velha volta pra casa da infância, vai ser mediadora no conflito entre a Menina e a Moça, e durante esse processo ela se reaproxima da casa e da Carranca: retoma o cumprimento da promessa que fez pro pai. Então, ou esse pai saía um forte, saía um pai feito eu queria, ou o conflito se acabava, e se acabava a volta da Ana Paz pra casa, e se acabava uma história chamada *Eu me chamo Ana Paz*.

E aí começou de novo:
hoje eu faço o pai;
segunda-feira sem falta eu vou fazer o pai;

até quarta-feira esse pai fica pronto;

quem sabe eu deixo esse pai pra semana que vem?

quem sabe eu tiro o pai dessa história?

Parei de escrever.

Passei algum tempo sem nenhum contato com a Ana Paz.

Mas depois eu encontrei ela de novo. Num sonho que eu sonhei. Ela era a Ana Paz-criança: ouvi a risada dela atrás de mim. Mas quando me virei a luz apagou. Fiquei no escuro esperando.

— Ana Paz?... Por que que você apagou a luz?... Eu sei que você taí, Ana Paz. Acende a luz, sim?... Ô, Ana Paz, quer acender a luz?

— Só se você faz o meu pai.

— Eu não posso fazer o teu pai no escuro.

— Pode, sim: eu já vi você escrever no escuro...

— Uma anotação, uns rabiscos. Mas não um pai: acende essa luz!

— Primeiro eu quero o meu pai.

— Mas que menina! — me levantei
pra acender a luz. Tateei no escuro e esbarrei
na Ana Paz. Me segurei nela, e a sensação foi
tão estranha, que eu fiquei assim, sem me
mexer, apertando o braço dela com força.

— Como é que pode, Ana Paz?

— O quê?

— Eu sei que você é inventada, mas eu
tô sentindo a tua pele aqui na minha mão,
como é que pode?!

— É porque tá escuro.

— É uma sensação esquisita, eu não gosto,
acende essa luz de uma vez!!

— Eu não. Pensa que eu não sei que você
tá me sonhando? Se eu acendo a luz você
acorda e eu acabo.

— Acaba?? Mas eu tô te escrevendo já faz
tempo num livro chamado *Eu me chamo Ana
Paz*. Eu não te escrevo sonhando; eu não te
escrevo dormindo; eu só te escrevo acordada, e
você não acaba!!

— Ah, mas você nunca me escreveu assim.

— ?

— Segurando o meu braço desse jeito.

Puxei o meu braço. Mas ela não deixou a minha mão escapulir.

— Me solta, Ana Paz.

— Só se você faz o meu pai.

— Escuta, Ana Paz, eu vou te explicar uma coisa que é capaz de você nem entender: não adianta.

— O quê?

— Não adianta eu querer fazer o teu pai: é só começar que a primeira cena logo volta.

— Que cena?

— Aquela.

— Quando eu prometo pra ele que eu não vou me esquecer da Carranca?

— É.

— Volta de que jeito?

— Do mesmo jeito.

— Ele pega a sacola...

— É.

— Depois sai correndo e...

— É!

— ...tiro tiro tiro?

— É é é!

— Mas... por quê?

— Eu não sei. Eu só sei que o teu pai acaba sempre voltando pra morte dele.

— Você tá chorando? Deixa eu ver.

O sonho se acendeu.

— Apaga essa luz, Ana Paz.

— Só se você faz o meu pai.

— Mas então você não entendeu o que eu te expliquei? Eu tentei tudo que é jeito de fazer ele...

— Tentou também na marra?

— Na marra?!

— Então, ué.

— Que que é isso, Ana Paz! o teu pai é um personagem, e personagem é feito filho da gente, ruim ou bom a gente gosta dele, ainda mais assim, quando ele ainda nem sabe ficar de pé. Fazer personagem é ato de entrega, de amor, que negócio é esse de fazer ele na marra?

— Eu quero o meu pai.

— Ana Paz...

— E eu quero a minha Carranca também. Cadê ela? O meu pai deu ela pra mim, cadê ela?

— Não me enche, Ana Paz!

— Eu quero a minha Carranca, ela é minha, onde é que ela tá? você não faz ela, você não faz o meu pai, você não faz ninguém! Você não sabe fazer mais ninguém.

Eu não quis mais escutar a Ana Paz: acordei. O dia estava clareando. Senti uma urgência *muito* minha conhecida: ir pro jardim mexer na terra, tirar mato, refazer vaso, podar galho. Mas a voz da Ana Paz não saía da minha cabeça: você não sabe fazer mais ninguém. Larguei o podão e fui escrever *alguém*.

Saiu um personagem que eu nunca tinha feito antes: um jardineiro.

Fui buscar a Ana Paz-velha. Eu tinha deixado ela parada no quarto, lembrando do dia que o Pai deu a Carranca de presente pra ela. Fiz ela ouvir um barulho no jardim. É melhor ela mesma contar...

"Prestei atenção: era barulho de enxada. Fui pra cozinha e espiei da janela. Tinha um homem trabalhando a terra. Nem moço nem velho; bota de borracha; pulôver de buraco. E quando ele largou a enxada e se ajoelhou eu gostei de ficar vendo o jeito que ele tratava a planta. Era um jeito acostumado, devotado, parecia até que ele estava batendo um papo com ela, mas isso eu não posso garantir porque a minha vista... bom, eu não vou dizer que já era, mas também não vou dizer que ainda é.

O homem foi se debruçando mais e eu fui querendo ver se era mesmo um papo que ele estava batendo: abri a porta de mansinho pro sino não bater e cheguei perto do jardineiro.

Não dava pra ouvir nada, só dava pra ver a boca dele se mexendo, mas quem sabe não era papo, vai ver ele tava cantarolando? Mas aí ele deu de cara comigo e levou o maior susto.

— Não precisa se assustar desse jeito, eu não sou fantasma — eu fui logo avisando.

— De onde é que a senhora saiu?

— Aí da casa.

— Mas não tem ninguém morando aí, essa casa tá pr'alugar...

— Pois é, eu vim visitar ela.

— Tão cedo assim?

— O senhor também não tá trabalhando assim tão cedo?

— Eu tô acostumado a pegar no trabalho antes do sol.

— Eu também: tô acostumada a levantar antes do sol.

— Pra quê?

Achei engraçado ele perguntar.

— Primeiro, porque o dia é muito curto e levantando assim bem cedo ele estica um bocadinho, não estica não?

— Ah, isso estica.

— Segundo, porque eu acho essa hora bonita demais...

— Sabe que eu também gosto?

— ...ainda mais assim, quando tem árvore e planta rodeando a gente.

— A senhora viu quanto passarinho cantando?

— Se vi!

— Espia só esse bem-te-vi.

— Já vi. E tem ainda outra coisa: a esta hora tudo que é planta fica mais bonita.

— Claro! Descansaram bem, tão recém-acordando.

— Pois é.

— Já vi que a senhora é das minhas! Então eu vou lhe contar uma coisa que a senhora é capaz de nem acreditar: sabia que tem muita gente que olha pra cara duma planta e nem sabe dizer se ela dormiu bem ou não? E a terra então? a senhora já viu que cheiro diferente que ela tem, assim toda molhada de orvalho?

— E aí ele respirou fundo, feito querendo levar pra dentro dele todo o cheiro que a terra tinha, nossa! gostei. Depois ele me mostrou a sementeira que ele tava fazendo, contou que já fazia tempo o jardim estava abandonado e que ele tinha sido contratado pra botar tudo em dia. Puxou a manga do pulôver:

— Tá friozinho, não tá?

— Mas tá gostoso.

— Ah, tá. A senhora é daqui?

— Eu nasci nesta cidade sim, mas fui morar no Rio quando eu ainda era garota. Acabei ficando por lá, nunca mais voltei.

— E o que que a senhora tá fazendo aqui?

Contei que tinha chegado a hora de ver de novo a minha cidade natal; se eu demorava mais ainda arriscava de morrer sem ver. E disse que o que eu queria mesmo era ver de novo a casa onde eu tinha nascido e me criado. Quando eu olhei pra casa ele se espantou:

— Essa aí?

Fiz que sim. Ele bateu a enxada na terra:

— Quer dizer que este chão...

— É o *meu* chão.

Ele abriu um riso deste tamanho. Tinha tanta coisa dentro do riso! tinha um dente de ouro, tinha um outro bem escuro, tinha a vaga dum outro que foi embora, e tinha um jeito tão de criança no jeito que o sorriso riu, que eu tive até que fazer força pra tirar meu olho dele e voltar pra minha história:

— E de repente, sabe, eu senti uma vontade tão grande de voltar pra este chão...

— Quando é que a senhora chegou?

— Ontem. E acho que, sem me dar conta, escolhi a data de propósito: vim comemorar o meu aniversário aqui.

— Foi ontem?

— Não, é hoje.

— Hoje? Não me diga!

— Pois é.

— Ora, meus parabéns! — Estendeu a mão. Viu que ela tinha um pouquinho de terra, limpou ela na calça e estendeu ela de novo, com outro parabéns! Apertou minha mão: saúde! Outro apertão: felicidades! Mais outro apertão: muitos anos de vida! Nossa! que força que a mão dele tinha.

— Não me leve a mal, mas quantos anos a senhora tá fazendo hoje?

— Oitenta.

— Olha só! Vai ter festa?

Fiquei sem saber se contava ou não contava que a festa tinha começado na hora da minha chegada e que agora estava no auge da animação. Mas achei melhor fingir que não tinha escutado a pergunta. (Isso é outra coisa ótima da minha idade: a gente só escuta o que quer e ninguém se espanta.)

— Há muito tempo que o senhor trata do jardim desta casa?

— Mas então a senhora acha que eu tratando deste jardim ele ia ficar nesse estado? Olha pra esta terra! Dura feito pedra de ninguém mexer com ela, coitada. — Se ajoelhou. — Olha aí, quero enfiar o meu dedo nela e nem posso de tão fechada que ela tá! Olha quanta erva daninha tapando ela. Olha pra estas fruteiras! Tá tudo cheio de parasita, não tem um galho sem erva-de-passarinho, então eu ia deixar elas assim?! Ali tinha uma paineira, eu me lembro que eu passava na rua e ficava olhando pra ela, tinha um monte de passarinho morando nos galhos dela, e quantas vezes eu olhei pra ela e ela deu flor. Botaram ela abaixo sem dó nem piedade. E olha só o jeito que cortaram ela: não dá nem pr'uma bunda cansada se sentar no toco! e a senhora ainda me pergunta se faz tempo que *eu* trato dessa tapera? Ora, francamente!!

Nossa, o que que eu ia fazer pro homem se desofender? ele estava até bufando.

— Foi mesmo uma pergunta muito desastrada, o senhor me desculpe, sim?

— Bom, já que é o seu aniversário, eu não vou levar a mal.

— Obrigada.

— Primeiro me falaram que essa casa tava aí pra ser vendida; depois ouvi dizer que era pra alugar, e aí me chamaram pra dar um jeito no jardim, e a senhora vê? ele é grande, eu tenho que preparar ele todinho pra primavera que vai chegar, é um bocado de trabalho que eu tenho pela frente.

— A primavera vai chegar?

— Pois então não vai? — E foi só olhar pra minha cara que ele armou outro estardalhaço: — Mas como é que pode?! tá tudo avisando que ela vai chegar, é só olhar! — E desatou a mostrar folha nova e botão se abrindo; apontou pro céu: era luz de primavera chegando! Então eu não tinha ouvido o canto do passarinho? — Qualquer bom entendedor que escuta um canto assim sabe logo que a primavera já vem vindo, porra! — O homem estava tão veemente que eu achei melhor explicar:

— É que eu estou me preparando pra uma estação diferente, sabe. Enquanto o senhor prepara o jardim pra primavera eu me preparo pro inverno que vai chegar.

— Aonde?

— Em mim. Sempre achei que, chegando nos oitenta, eu chegava no inverno da minha vida. Cheguei. E, sabe? Tô achando bom começar uma estação nova; tô achando bom ver o senhor tratando do meu jardim...

— Seu? Mas ele ainda é seu?

— É. Quando eu fui pro Rio, a minha mãe ficou morando aqui; quando ela morreu, eu herdei a casa. Os meus filhos queriam que eu vendesse ela, mas na hora de assinar o documento eu não tinha coragem, e a casa foi ficando sempre alugada. Mas acho que nunca mais ela foi amada.

— Casa muito bem feita, sabia? hoje em dia não se faz uma coisa assim.

— Foi meu avô que construiu.

— Mas agora a senhora resolveu vender ela.

— Não.

— Vai alugar.

— Não.

— Vem morar aqui!

— Não sei se até o fim do meu inverno, mas pelo menos até botar a casa em dia. Enquanto o senhor trata do jardim, eu trato da casa.

— Vamos bater bons papos nos intervalos.

— Vai ser ótimo, não vai?

— Valeu!"

Valeu: eu tinha *levantado* o Jardineiro. Me animei: se eu tinha levantado o Jardineiro, eu podia levantar o Pai, a Carranca, todo mundo. Claro! Eu agora ia fazer tudo direitinho feito eu tinha planejado. Virei otimista. Tão otimista, que me dei ao luxo de fazer o fim da história. Botei outra vez a narrativa na boca da Ana Paz-velha:

"Nessa coisa de ir tratando da casa, o tempo foi passando e um dia eu escuto o sino da porta batendo, e quem é que tinha entrado? O meu filho. O tal que disse que eu sou uma velha egoísta. Na certa ele não acreditou no que eu contei no telefone e veio ver se era mesmo verdade tudo que eu disse que andava fazendo.

— Quer dizer que não era brincadeira, mamãe? Você não tava inventando? É mesmo verdade que você tá vivendo aqui sozinha no meio de pintor, de bombeiro, de eletricista? — perguntou isso tudo já meio agressivo.

— Que nada, meu amor, eu tô vivendo com muito mais homens do que você imagina: fora esses que você falou, tem o jardineiro, tem o pedreiro e tem o serralheiro: tudo que é ferro desta casa tá precisando de um reparo também.

— E daí?

— O quê?

— Será que você pode me explicar por que que você tá fazendo tudo isso?

— Primeiro senta e toma um chimarrão. Depois a gente visita a casa.

— Chimarrão?!

— Se você prefere um café...

— Depois. Primeiro me explica direito essa história toda.

— É o seguinte: eu tô amando de novo esta casa...

— E daí?

— Bom, e daí que ela estava muito abandonada e eu achei importante botar ela em dia. Senta, meu filho, olha, esta cadeira de palhinha é muito confortável...

— Mas se você vai vender a casa, que loucura é essa de botar ela em dia, mamãe?!

Eu sabia que ele ia achar tudo uma loucura. Mas eu não esperava que ele ia achar tão depressa. Achei melhor fingir que não tinha ouvido:

— ...é aqui que eu me sento pra ler, pra tirar meus cochilos, pra pensar...

— Mas, e a casa?

— Não tá ficando linda?

— Mas pra que que você tá botando ela em dia, mamãe? Esta casa vai ser vendida.

— Quando?

Ele abriu a boca e eu vi sair lá de dentro "assim que você morrer", mas ele disse:

— Será que você não sabe que quem compra uma casona velha dessas é pra botar logo ela abaixo, fazer um prédio de apartamentos e ganhar uma nota firme?

— É o que você faria, meu filho?

— Claro!

— É o que o seu irmão faria?

— É o que todo mundo faz, mamãe!

— Todo mundo não: muita gente sabe que uma cidade desmemoriada é pior *até* que uma pessoa que não lembra mais da infância que teve; e se a gente quer desmemoriar de vez uma cidade é só ir botando abaixo a arquitetura do passado.

O meu filho ficou me olhando. Eu achei melhor botar uns pingos nuns *is:*

— Eu já conversei com arquiteto, já consultei advogado e já estou providenciando o tombamento desta casa. Eu quero que ela continue fazendo parte da memória da cidade. Tomei essa decisão depois que cheguei aqui. E resolvi também doar a casa pra cidade e transformar ela num espaço útil pra uma porção de gente, tipo uma escola de artes e ofícios, um centro de cultura, uma biblioteca, uma coisa assim. E eu pretendo ficar aqui trabalhando nesse projeto até ver tudo funcionar bonito. Aí eu volto pro Rio.

Ele continuou me olhando sem dizer nada.

— Desculpa, viu, meu filho, você é capaz de estar pensando de novo que eu sou uma velha egoísta: eu não consultei nem você nem seu irmão, nem minhas noras nem meus netos, mas, sabe, eu achei que esse caso era só meu. Meu e da minha memória. Um dia desses eu vou morrer; depois morre você; depois vai o teu filho... Mas a cidade continua; e quanto mais memória ela tiver, mais ela pode servir pra cada um que vive aqui.

Aí o meu filho disse: eu tô morrendo de fome, e me levou pra jantar. Tomei uma sopa de peixe e dois copos de vinho branco, tava uma delícia. Me deu um sono depois!

Durante o jantar o meu filho quis me convencer de voltar com ele pro Rio. Mas, no fundo, sabendo que não ia adiantar. Ele me conhece desde que nasceu; já faz tempo que ele aprendeu que quando eu empaco, eu empaco; e agora eu tô empacada no meu projeto. Me deixou aqui em casa e já ficou despedido, "vou pegar o primeiro avião da manhã", e foi pro hotel. De cara sempre fechada. Mas me deu um beijo na testa. Super-de-leve. Mas um beijo. Gostei. Fui pra cozinha e desmontei na cadeira de palhinha. Nossa! que cansada que eu estava de ficar tanto tempo fingindo que eu não tinha visto o meu filho "por aqui" comigo.

Pensei que ia dormir direto. Quem diz? Comecei a escutar uma brasa ou outra ainda suspirando no fogão: achei bonito. Ouvi o minuano solto lá fora, que bom que não tinha mais vidro quebrado nem rachadura na parede pra ele entrar. O cansaço foi s'embora, o sono viu que eu não tava mais a fim dele.

Me levantei e fui andar pela casa; acendi tudo que é luz; fui ver a cara do banheiro, será que o bombeiro tinha acabado a instalação dos canos?

Agora eu sempre deixo pra ver o trabalho do bombeiro *depois* que ele sai. Na última vez que eu dei um palpite quando ele estava trabalhando ele disse que palpite de mulher não serve pra nada, ainda mais palpite de coroona. Co-ro-o-na. Que horror. Até agora eu não digeri a gentileza. Mas, de cano, eu só conheço os que eu entrei; e todo mundo diz que ele é o melhor bombeiro da cidade; e

eu quero pra casa o melhor tratamento possível
pra ver se ela fica boa pelo menos pra mais
um século; então eu resolvi fingir que até
hoje eu não percebi que ele é um chato de
galochas.

Parei na porta do banheiro, encantada:
como esse chato trabalha bem! Fiquei pensando
em tudo que é cirurgia que a casa já tinha feito.
Por onde eu ia passando eu ia acendendo a luz
pra ver o resultado de cada operação, ah! aqui
ela se curou da goteira; esta parede aqui ficou
um broto depois da plástica; grade mais linda!
que bem que o serralheiro amputou o pedaço
que a ferrugem comeu...

De luz acesa nela toda, a casa foi
resplandecendo; parecia tão mais moça, assim,
recém se pintando... parecia até, sei lá! que ela
tinha aumentado, feito já crescendo pro fruto
que ela ia dar. Agora que ela estava fora de
perigo, eu ia poder começar a estudar melhor o
meu projeto, tinha tanta coisa pra detalhar.

Voltei pra cadeira de palhinha e comecei
a pensar. E aí eu me lembrei tão forte do meu

pai! Feito coisa que ele tava ali do meu lado.
Ouvi até ele dizendo, vais ter um inverno muito
ocupado, Ana Paz.

Eu sei, pai. Vai ser bom."

Pronto! Eu tinha acabado o livro, quer
dizer, só faltava fazer o Pai, só faltava levantar a
Carranca, só faltava escrever de novo o Antônio
que eu tinha rasgado, só faltava refazer tudo que
é página que estava riscada e... devagarinho,
a cara do otimismo foi se fechando. Mas eu
fingi que não tinha visto. E comecei de novo:

Hoje eu vou fazer o Pai.

Segunda-feira sem falta eu começo outro
Pai.

Até quarta-feira essa Carranca fica pronta.

Mês que vem a Ana Paz não vai ter mais
página em branco, nem página riscada, nem...

Mês que vem eu peguei tudo que era
pedaço da Ana Paz, e do Filho, e do Jardineiro,
e dos mil esboços do Pai, e de tudo que é

projeto da Carranca, enfiei aquela papelada toda na gaveta mais funda e mais remota da casa e comecei a escrever outro livro.

Durante todo o tempo que eu trabalhei nesse livro novo a lembrança da Ana Paz me doeu: em vez dela ter ido morar num livro – tipo do lugar bom pra ela ver gente, conhecer leitores, encontrar até, quem sabe? algum leitor que ia virar um amigão dela – em vez disso tudo, lá estava ela morando sozinha, esquecida, no fundo duma gaveta escura. E eu mal podia acreditar: Ana Paz não resolvida pra sempre?

Me dediquei muito a cada personagem que eu fiz pro livro novo; e às vezes eu pensava que essa dedicação era um pouco pra esquecer o meu fracasso com a Ana Paz.

O livro ficou pronto.

Fiz uma viagem.

Rolou mais de um ano.

Num dia de lembrança mais forte eu fui lá na gaveta e li a Ana Paz toda. Não tive vontade de mudar o fio da história; não tive vontade de mudar personagem; não tive vontade de mudar nada! Mas continuei achando que, se eu não fazia um pai forte e carismático, capaz de criar uma carranca imaginativa, eu não ia ter um livro chamado "Eu me chamo Ana Paz".

E aí eu comecei *outra vez*.

Hoje eu vou fazer um pai superforte.

Segunda-feira sem falta esse pai vai ter um carisma que, sai da frente!

Meu deus! eu acabei de fazer um livro todinho: mal ou bem os personagens saíram como eu tinha planejado; por que que *esses* também não saem?!

Semana que vem o Antônio vai ser genial.

Não passa do mês que vem, isso eu juro, eu boto o ponto final na Ana Paz.

Fiz Pai, fiz Carranca, fiz Antônio, fiz ponto final na história, fiz reunião com editor pra anunciar que eu tinha acabado um livro que vinha empacando há uns trezentos anos, fiz a leitura de tudo que eu tinha escrito depois que eu cheguei da viagem. Achei tudo um horror.

E aí eu comecei a rasgar a Ana Paz. Pra nunca mais (nunca mais, tá me ouvindo, Ana Paz? NUNCA MAIS!) eu sofrer a tentação de continuar escrevendo ela.

Rasguei a parte mais nova que eu tinha escrito, rasguei de novo o Antônio, rasguei tudo que é esboço antigo do Pai e da Carranca. Mas, quando fui rasgar a cena que a Ana Paz-moça encontra o Antônio lá no banco da praia, ela se levantou:

— Não! mal ou bem, nessa hora eu tô me apaixonando por um homem, eu tô me sentindo tão viva. Eu ainda não sei que eu vou me casar com ele, que eu vou ter filhos com ele, que eu vou ser infeliz com ele, mas tudo que eu vou viver vai ser tão intenso! e você me rasga?

— Desculpa, Ana Paz, mas não dá.

— O quê?

— Você não ficou resolvida.

— Ora, não me vem com isso, quem é que fica *resolvido?*

— Quem? muitos personagens, ué. Eu acabei de fazer um livro: tudo que é personagem ficou resolvido.

— Pra quem? Pra você? Pra eles? Pra quem te lê?

— Pra mim, é claro! Se sou eu que faço eles, eles têm que ficar resolvidos *pra mim!* E *você* não foi resolvida.

— Problema meu.

— Meu, meu!! Escuta, Ana Paz, tem buraco na tua história, tem página riscada, tem página cheia de anotação do que você vai ser, e tem muita página em branco do que você não foi: então você não tá sentindo que eu não consegui te fazer inteiriça?

— E precisa?

— Então não precisa?? Então você não precisa dum pai pra viver? Tudo que é tentativa que eu fiz pra levantar o teu pai resultou num pai medíocre, e você sabe muito bem, Ana Paz: ele não pode ser um homem medíocre.

— Mas pera aí! você me deu uma infância, me fez gostar tanto do meu pai, medíocre ou não a gente se ligou forte! e você me levou pra adolescência, e você me fez viver oitenta anos até começar um projeto novo de vida, meu deus, tanta coisa! e tudo tão difícil de ser vivido, de ser vencido! Mas mesmo assim você quer me rasgar?!

— Você não tá resolvida, vê se entende!

— Mas por que que eu não posso ser assim mesmo?

— Assim mesmo o quê?

— Assim: não resolvida, feito você diz, descosturada, mal acabada, tanto pedaço de mim rasgado (sabia que você me rasgou demais?). Você sonhou pra mim uma vida toda bem-feita, só que a tua ideia não deu certo e eu fiquei desse jeito. Mas por que que você precisa rasgar o que eu fiquei? Por *que* que você não pode me contar pros outros assim? desacertada, inacabada, esperando a

luz que, um dia, vai se acender (ou não) em
tudo que é pedaço que eu tenho de escuridão?
Puxa vida! eu nasci pra viver num livro! livre!
(você sabe tão bem quanto eu que não tem
nada mais livre que um livro); já chega o
tempo que eu fiquei numa gaveta, já chega o
tempo que eu fiquei na tua cabeça: tudo tão
fechado, tão cheio de complicação. Eu quero
ir lá pra fora!!

E hoje ela foi.

FIM

Rio, abril de 1991.

Tempos atrás eu inventei este espaço, que é só nosso, e que eu chamei de

Pra você que me lê

É aqui que eu venho te contar um ou outro episódio da minha vida, ligado ao livro que você tem na mão.

Hoje eu quero te contar por que que eu escolhi a foto de um sobrado antigo pra botar na capa, e as fotos de um azulejo e de uma família reunida pra serem as únicas imagens a "enfeitar" o miolo deste livro.

Memória – a Ana Paz fala muito disso: rastro atrás, vivências passadas; a criança que a gente foi, determinando o adulto que a gente é; o "eu era assim e, em volta de mim, o mundo era assim, mas agora..." – Memória.

E eu, que sinto uma atração muito forte pra querer imitar nisso e naquilo os personagens que crio e aos quais me afeiçoo, quis hoje, aqui nesta nossa conversa, vir te contar um pouco de como eu comecei a valorizar o rastro atrás dos lugares por onde eu andava e, com isso, valorizar o *meu* rastro atrás, a *minha* Memória.

No extremo sul do Brasil temos uma cidade chamada Pelotas, que durante várias décadas levou o título de Princesinha do Sul. Foi lá que eu nasci e vivi minha primeira infância (quando fiz 8 anos fui morar no Rio).

Pelotas era uma joia arquitetônica. Era também um centro artístico-cultural

importante e até as primeiras décadas do século
passado, ponto obrigatório de companhias
europeias de teatro, ópera e *vaudeville*, em seus
percursos Rio-Buenos Aires.

A harmonia do casario, regida pelas
costumeiras leis de hierarquia social, abrangia
as modestas casinhas de beira de calçada,
alcançando as casas de porte médio (já com
adornos e requintes arquitetônicos) e os
casarões vizinhos a praças e largos, chegando
aos prédios de grande porte: catedral,
prefeitura, biblioteca pública, mercado – toda
uma hierarquia moldada no estilo arquitetônico
tão lindo em sua simplicidade de linhas, que
herdamos de nossos colonizadores portugueses.

As datas da construção do Sobrado
(este que está na capa do livro) são contraditórias.
O que se supõe certo é que ele seja um dos
remanescentes mais antigos da cidade, devido
à largura exagerada das paredes, à disposição
das peças amplas, aos vitrais que olhavam
o pátio, fechando as arcadas que davam para o
corredor externo, aos azulejos portugueses que

revestiam não só as paredes do corredor e do hall de entrada, mas também o chafariz e o grande banco que moravam no pátio, e até mesmo aos vestígios de um pelourinho de pedra desgastada, meio que soterrado no começo do quintal.

Quando o vovô Bojunga comprou o Sobrado, em fins do século XIX, o prédio era conhecido como *Solar do Barão de Itapitocahi*. Sempre tive pouca informação a respeito do tal barão, que se chamava Miguel Barcelos — nome que emprestou à rua onde o Sobrado mora até hoje.

Pelo pouco que se sabe e pelo muito que eu imagino do tal barão, ele devia dar um bom personagem de livro. Nascido em Pelotas, foi estudar medicina no Rio. Assim que se formou voltou pra cidade natal e começou a exercer a profissão na Santa Casa, que tinha sido recém-inaugurada e que, durante décadas, foi o principal centro de atendimento médico de Pelotas. Trabalhou lá até morrer. Mas, paralelamente, estabeleceu no Sobrado, numa

das salas do andar térreo, uma farmácia
homeopática onde fabricava as mais variadas
composições, e aviava receitas. Os medicamentos
ou eram vendidos por preços baixos ou,
frequentemente, gratuitos.

Quando um dia fiquei sabendo desses
dados, muitas vezes me surpreendi imaginando
o Dr. Barão nas salas tão minhas íntimas do
Sobrado. E ficava cismando em qual delas ele
se demorava fazendo suas experiências
homeopáticas. Enfiado num avental branco?
usando óculos? barba? E a mão? que cara tinha
a mão dele? assim, sempre ocupada com vidros
e potes e soluções e misturas e pílulas? A minha
imaginação gostava de concluir que ele era um
cara legal, sempre ligadão no sofrimento
humano, saindo cansado da Santa Casa e, mal
entrando no Sobrado, já se enfiando no avental
branco (mas quem sabe eu fazia ele não
gostar de avental branco?) e se sentando diante
de papéis e lâminas e potes (que *tinham* que
morar numa mesa comprida, manchada e
vivida!), e ficando lá as horas todas que o

mundo se habituou a gastar em frente da
televisão e do computador. Ficava lá inventando,
misturando, experimentando substâncias (que
nem eu fico aqui? na minha mesa? misturando,
inventando, experimentando palavras?), na
eterna busca pra encontrar a composição exata,
que vai trazer alívio a quem está sofrendo a dor.
E, à medida que eu ia imaginando isso e aquilo
do Dr. Barão, a figura dele ganhava espaço
na minha memória do Sobrado, fortalecendo
ainda mais o fascínio que aquele casarão
sempre exerceu em mim.

Após a morte do Dr. Barão, o vô Bojunga
comprou o Sobrado com a intenção de fazer
dele a morada para toda a família: filhos, netos,
bisnetos.

Minha mãe nasceu, noivou e se casou no
Sobrado.

Mas meu pai quis casa própria: se
mudaram para uma construção vizinha, cujo

quintal se ligava ao quintal do Sobrado. O tráfego entre as famílias — as que ficaram no Sobrado (avós, tios, primos) e a nossa (meus pais, minha irmã e eu) era permanente.

Desde que eu me lembro de mim, o Sobrado foi um ímã pra minha imaginação. Eu queria sempre correr pra lá pra trepar em tudo que é árvore do quintal; e conferir se tudo que é peixinho que nadava no chafariz continuava lá nadando; e subir pulando a escada que levava ao andar de cima pra vir solavancando degraus abaixo, a madeira encerada acelerando a descida; e entrar pé ante pé na estufa pra examinar as plantas *exóticas* que a minha avó, com ciúme e zelo, cultivava lá; e depois ir jogar amarelinha nos desenhos que a luz, filtrada nos vitrais, formava no chão.

Só que eu era muito criança: não tinha a menor ideia de que tudo aquilo que me atraía tanto pra *ir brincar no sobrado* estava alicerçando a base onde, muitos anos mais tarde, a minha Memória ia se apoiar. E: como ter ideia do quanto eu ia ter que viver até

compreender por inteiro o quanto o meu
convívio com a Memória ia poder me ajudar.
Ou melhor, o quanto o *nosso* convívio com a
Memória pode *nos* ajudar.

Foi só por volta dos meus vinte anos que
eu comecei a olhar de maneira mais atenta pra
essa questão da Memória. Uma crise emocional
quase me engole nessa época, ocasionando
uma úlcera duodenal que me fez penar, e acabou
me empurrando pra uma terapia (felizmente
bem conduzida...) me fazendo iniciar um
processo de investigação do meu eu. O óbvio
logo se anunciou: pra me conhecer melhor,
eu tinha que conhecer bem o meu rastro:
comecei a viajar com frequência pra minha
infância e pra minha adolescência. Fui me
interessando pelas escavações que eu fazia
nessas viagens (me senti tão arqueóloga!...) e,
a cada "descoberta" que o passado tinha
soterrado, o meu interesse pela Memória

crescia, se alastrava: agora eu queria saber
mais da memória dos outros, das coisas, dos
lugares. Comecei a devorar livro que contava
como é que era o Rio em tal século, em tal ano;
como é que era Pelotas quando os Bojunga
emigraram pro Brasil; como é que era a Frísia,
lá nos nortes da Alemanha/Holanda, quando,
primeiro, meus antepassados foram
registrados; como é que era isso e aquilo.

Mas foi pouco depois, aos vinte e sete
anos, quando vim pela primeira vez à Europa e
me demorei um tempo por aqui, que entendi
melhor o quanto eu, e a maioria dos que me
cercavam, vivíamos desligados da importância
que a memória arquitetônica de uma cidade
representa. Minhas andanças por velhas
cidades europeias me mostraram, de imediato,
a perda incalculável que é sempre pra todos
nós, a destruição do nosso patrimônio
arquitetônico. Me surpreendi mil vezes
imaginando o que seria Florença, ou Paris, ou
Roma, pra só pegar três exemplos, se seus *eus*
anteriores, seus centros históricos, não tivessem

sido preservados. Já pensou no empobrecimento cultural coletivo que sofreríamos com a Memória daquilo tudo perdida pra sempre? Nossa! bota empobrecimento nisso.

Quando voltei pro Brasil já era uma outra pessoa no que diz respeito ao *circo de horrores*.

Deixa eu abrir um parêntese pra te contar o que que eu entendo por *circo de horrores* neste contexto aqui:

Passei o resto da minha infância e toda a minha juventude assistindo, dia após semana, semana após mês, mês após ano, um bota-abaixo indiscriminado e contínuo, não só em Copacabana, onde fui morar quando saí de Pelotas, mas em todo o Rio de Janeiro. Ou melhor, em todo o Brasil. Impressionante a impiedade, a velocidade, a impunidade que acompanharam, durante décadas, a destruição de grande parte do nosso patrimônio arquitetônico.

A exemplo do que ocorreu em tantas das nossas cidades, não foram poucos os proprietários de joias arquitetônicas pelotenses que eram tomados de pânico ao mais leve rumor de que aquele patrimônio histórico-cultural poderia ser preservado: mandavam destruir às pressas (às vezes na calada da noite) as características originais da fachada, desfigurando-a, enfeando-a, banalizando-a, a fim de que nenhuma ameaça perturbasse a ação de botar a preciosidade abaixo, tão logo surgisse uma oferta qualquer de lucro, para que no lugar dela se erguesse um medonho espigão. Todo um conjunto harmonioso de sobradões, sobradinhos, casarões e casinhas foi, sistematicamente, sendo reduzido a escombros que, em seguida, deram lugar a dezenas de construções modernosas que descaracterizaram por completo a cidade, banalizando-a, igualando-a a tantas e tantas outras espalhadas no nosso chão brasileiro.

Ah, que dor que eu tive quando muitos anos mais tarde voltei e encontrei ela assim: tão igualada numa mesmice banalizada – logo ela! que era tão única.

Um dia, um amigo — ou melhor, não chegou a ser um amigo, ficou só sendo um conhecido — me disse uma coisa que me deixou perplexa: ele não se lembrava da infância dele; não tinha ideia do menino que ele tinha sido, dos desejos que tinha tido, dos medos, alegrias, cheiros e gostos que tinha sentido.

Não acreditei.

Ele se espantou com a minha incredulidade: era verdade, sim!

Me lembrei então da Maria, minha personagem principal de CORDA BAMBA: ela sofre um trauma violento e *se esquece* do seu passado. Na certa tinha acontecido uma coisa semelhante com ele?

"Não. Se tivesse acontecido qualquer coisa fora do normal eu saberia. Ou meus irmãos. Ou meus pais. Mas, não, não, todo mundo diz que eu era o tipo do garoto normal: jogava futebol, estudava mais ou menos, comia, dormia. Acho que nunca aconteceu nada de especial comigo. É por isso que eu não lembro."

"E... você nunca *tentou* se lembrar? Ou melhor. Você não *tenta*?"

Foi a vez dele se espantar:

"Mas pra quê?"

A entonação que ele deu àquele *pra quê* me desencorajou de prosseguir no assunto. Mas me encorajou pra querer revisitar mais e mais vezes o país da minha infância. Sobretudo depois de ruminar as atitudes e "ideias" deste meu conhecido...

Nessa época eu já estava convicta de que — conforme escrevi anteriormente — salvo em situações extremas, feito acidentes, doenças graves, mortes, quem *se habituou* a fazer uso da imaginação se salva sempre. Já disse também que esse nosso *departamento* que a gente chama de Imaginação nasce com a gente, feito dedo, feito unha, feito mão, mas é o *uso* que a gente faz dele que vai estabelecer *aquela* diferença.

Por ocasião desse breve episódio que eu acabei de te contar (a troca de espantos entre eu e o meu conhecido) eu já tinha me dado

conta de que um dos grandes alimentos da
Imaginação se chama Memória. Quanto mais
ela se faz presente mais a nossa Imaginação
se fortifica.

Num dia da minha adolescência me
avisaram que o Sobrado tinha sido vendido.

Pouco depois me contaram que ele tinha
sido revendido.

Num outro dia (eu estava então no meu
verão de vida) me escreveram contando que
o Sobrado tinha sido mutilado: a parte lateral,
tomada pela garagem em baixo e pela estufa
da vovó Leopoldina em cima, tinha sido
desmembrada/vendida/demolida/substituída
por um prediozinho modernoso.

Depois, quando a minha vida entrou no
outono, fiquei sabendo que a mutilação não tinha
se resumido à garagem e à estufa: o quintal
tinha sido amputado; chafariz, estátuas, banco,
tinha tudo sumido do pátio; sumido vitrais e
ladrilhos hidráulicos; e sumido também muitos
dos azulejos portugueses, cuja presença era
tão marcante nas entranhas daquela casa.

Mas me consolei disso tudo com as notícias que chegaram atrás: o Sobrado agora abrigava uma escola; e o Sobrado, junto com poucos outros remanescentes arquitetônicos, tinha sido declarado patrimônio da cidade: ia ser tombado!!

Senti o conforto que a gente sente quando recupera um bem que julgava ter perdido. Achei tão bom que aquelas paredes grossas, que durante tantos anos recolheram as risadas e os gemidos de todos nós da família, abrigassem, agora, um centro de ensino. E a minha imaginação foi logo fabricando um parentesco estreito entre as experiências educacionais que deviam rolar por lá, as experiências botânicas que a vó Leopoldina realizava na estufa, e – prosseguindo no rastro atrás – as experiências medicinais do Dr. Barão.

Numa das minhas Mambembadas (um projeto de trabalho do qual já te falei em outros livros), voltei a Pelotas. Pouco depois de chegar ao hotel, desci a Rua Quinze e revisitei a Catedral; segui a rua em frente: Dr. Miguel Barcelos. Parei na calçada oposta, em frente ao Sobrado. Pintado de cor diferente (que nem na foto da capa), privado da garagem e da estufa – o resto da cara dele tinha continuado a mesma. Então, ficamos ali nos olhando.

Naquela noite fui jantar com uma prima querida – ela também, que nem minha mãe, moradora do Sobrado até o dia em que casou-e-mudou. Na saída ela me deu um presente:

"Consegui reaver dois, um pra ti, outro pra mim."

Um azulejo do Sobrado. Protegido num crochê. As costas, rugadas e ásperas do reboco que aderiu a ele; a frente, tão lisa, tão boa de alisar; alisei. E de novo e de novo. Na volta pro hotel, já na cama, alisei. E de volta pra casa, no avião, tirei ele da bolsa e alisei diferente.

Diferente porque agora eu estava nas nuvens, sentada junto à janela (que é o lugar que eu sempre procuro no avião) e como nuvem é o tipo da coisa que desde criança eu gosto de olhar, fiquei só alisando o azulejo, sem querer tirar meu olho do céu.

O desenho fica ligeirissimamente em relevo na superfície do azulejo.

Naquele momento experimentei de novo a certeza de que a nossa memória é que nem a nossa imaginação, a nossa curiosidade, os nossos vários *departamentos:* quanto mais uso a gente faz deles, mais eles se sensibilizam, se aprofundam, nos revelam. Passei décadas da minha vida sem deter minha atenção na Memória que o nosso corpo guarda. De repente, ali, no avião, eu era tomada de assalto por uma enxurrada de imagens da minha infância, trazidas pela Memória da minha mão. Me vi sentada, lagarteando no banco do pátio do Sobrado, braço no braço do banco de azulejos; mão de palma grudada no relevo de um deles. Nunca antes tinha me acontecido lembrar o gosto que tinha eu me sentar ali. E agora o gosto voltava pra mim toda: era gosto

da hora preguiçosa de depois do almoço; mas
era também o gosto de escapar dos grandes:
os homens trabalhando, as mulheres sesteando,
as crianças na escola e/ou fazendo dever
(cheguei na vida meio atrasada de irmã e
primos); e eu ali no banco esquecida, à toa, à
toa na vida, hmm! que tanto gosto tão bom;
na língua, o prazer lembrado da laranja que eu
comia no almoço; no olho, o gosto de zanzar
por flor e planta de canteiro, por água e peixe
de chafariz; na pele – feito coisa que a sensação
do azulejo no braço, na perna e na mão não
bastava –, ainda o sol! E, por cima, o gosto de,
assim, à-toamente lagarteando, ficar ali
cismando no que era preciso cismar.

    As sensações que a Memória me trazia,
ali, no avião, eram tão fortes, que arrastavam,
imagem atrás de imagem, toda uma sequência
de cenas até então soterradas: a laranja no
meu prato (ah! o prato, o *meu* prato – com
um gato pintado na borda); a mesa, o sofá de
couro, o lustre, a cristaleira, o tapete, mil
detalhes da sala de refeições lá de casa.

Cenas que traziam, com uma riqueza impressionante, detalhes de vestuário, penteados, risadas, trejeitos dos *personagens* que me cercavam naquela época. E quanto mais eu me adentrava nas cenas que me apareciam nas nuvens, mais iam ressurgindo detalhes e cismas cismadas no banco do pátio.

Fui solavancada pro presente quando o avião pousou no Rio. Fechei o azulejo na bolsa. Saí pro meu cotidiano. Mas aquele "exercício de Memória" me deixou a sensação estimulante de uma verdadeira aventura interior. Ela (a Memória) tinha me reconduzido com tanta firmeza pr'aqueles meus à toa cismarentos lá no pátio do Sobrado, que eu acabei mesmo concluindo que foi lá, plantada nos azulejos do banco, que eu comecei a praticar com gosto os meus exercícios de Imaginação.

Ano passado recebi outro presente valioso (pra mim) da prima gaúcha: uma velha foto, recentemente redescoberta, que mostra a família reunida na estufa da vovó Leopoldina, pouco depois da morte do vô Bojunga.

Me deu vontade de incluir aqui este outro pedaço de Memória e — com ele — me despedir.

Eu sou aquela sentada no chão, olhando desconfiada pro fotógrafo, tendo

minha irmã e meus pais atrás, à esquerda.
A prima do azulejo e da foto da capa está no centro, de pé, junto à nossa avó.

Até nosso próximo encontro –

Lygia

Londres, julho de 2004.

OBRAS DA AUTORA

Os Colegas - 1972
Angélica - 1975
A Bolsa Amarela - 1976
A Casa da Madrinha - 1978
Corda Bamba - 1979
O Sofá Estampado - 1980
Tchau - 1984
O meu Amigo Pintor - 1987
Nós Três - 1987
Livro – um Encontro - 1988
Fazendo Ana Paz - 1991
Paisagem - 1992
Seis Vezes Lucas - 1995
O Abraço - 1995
Feito à Mão - 1996
A Cama - 1999
O Rio e Eu - 1999
Retratos de Carolina - 2002
Aula de Inglês - 2006
Sapato de Salto - 2006
Dos Vinte 1 - 2007
Querida - 2009
Intramuros - 2016

5754

Este livro foi composto na tipologia Centaur, no corpo 13,5.
A capa em papel Cartão Supremo 250g
e miolo em papel Pólen Bold 90g.
Impresso na Imos Grafica e Editora Ltda.